Vente du Samedi 1ᵉʳ Mai 1869

ÉMAUX MODERNES

PAR MARC BAUD

ÉMAUX CLOISONNÉS DU JAPON

OBJETS D'ART ET DE CURIOSITÉ

TABLEAUX

Mᵉ CHARLES PILLET	M. FEBVRE
COMMISSAIRE-PRISEUR	EXPERT

PARIS — 1869

RENOU & MAULDE

IMPRIMEURS DE LA COMPAGNIE DES COMMISSAIRES-PRISEURS

Rue de Rivoli, 144.

CATALOGUE

D'ÉMAUX MODERNES

PAR MARC BAUD

ÉMAUX CLOISONNÉS DU JAPON

OBJETS D'ART & DE CURIOSITÉ

ET

QUELQUES TABLEAUX

DONT LA VENTE AUX ENCHÈRES AURA LIEU

HOTEL DES VENTES, RUE DROUOT

SALLE N° 9

Le Samedi 1er Mai 1869

A UNE HEURE ET DEMIE

LA VACATION ÉTANT CHARGÉE

Par le ministère de Me **CHARLES PILLET**, Commissaire-Priseur.
rue de la Grange-Batelière, 10,

Assisté de M. **FEBVRE**, Expert, rue Saint-Georges, 14.

CHEZ LESQUELS SE DISTRIBUE LE CATALOGUE.

EXPOSITION PUBLIQUE

Le Vendredi 30 Avril 1869, de une heure à cinq heures

PARIS — 1869

CONDITIONS DE LA VENTE

————

Elle sera faite au comptant.

Les Acquéreurs paieront CINQ POUR CENT en sus des enchères, applicables aux frais.

L'Exposition mettant le public à même de se rendre compte de l'état des Objets, il ne sera admis aucune réclamation une fois l'adjudication prononcée.

DÉSIGNATION

ÉMAUX MODERNES

DE CHAMPLEVÉS ET CLOISONNÉS

Exécutés par Marc **BAUD**

1 — Grand et superbe plat, orné en émaux de couleurs de frises fleurdelysées avec chiffres; au centre, d'un écusson portant les initiales du maître et la date XVIII, LXIV.

2 — Grand panneau pour foyer de théâtre, représentant au centre un médaillon avec la figure de Melpomène, riche encadrement avec doubles frises émaillées; pièce d'un beau travail.

3 — Grand lustre à huit lumières, partie en bronze doré, partie en émaux de couleurs avec cabochons en relief.

4 — Porte de tabernacle en émaux champlevés et en tailles d'épargne; au centre, en bronze doré et en relief, Jésus assis, bénissant; en bas, des sphinx; en haut, deux anges.

5 — Médaillon émaillé en couleur, Polymnie rhétorique; figure en grisaille sur fond vert.

6 — Médaillon émaillé en champlevés, dessin persan en couleurs variées.

7 — Bel ostensoir, partie en bronze doré, partie émaillé en couleur.

8 — Autre ostensoir, même genre, style byzantin.

9 — Deux médaillons ovales émaillés en couleurs; figures sur paillons : Nymphes et Amours.

10 — Croix; style byzantin en émaux de couleurs.

11 — Autre croix; même genre que la précédente.

12 — Deux plaques en émaux et champlevés, représentant deux apôtres.

13 — Médaillon émaillé sur cuivre, représentant en couleur le portrait de François Ier.

14 — Autre médaillon, représentant le portrait de la femme de François Ier, Éléonore d'Autriche.

15 — Grand médaillon rond, émaillé sur cuivre avec le portrait du Dante en grisaille.

16 — Quatre panneaux en émail cloisonné, ornés de rinceaux et de fleurs.

17 — Trois autres plus petits, représentant des branches de laurier reliées par des serpents.

18 — Vierge; style byzantin en cuivre repoussé.

19 — Sainte debout tenant une palme et un calice ; émail sur cuivre en couleur sur fond bleu; plus deux autres saints également debout.

20 — Quatre portraits en grisaille, Camille Corot, Théodore Géricault, Horace Vernet et Eugène Delacroix.

21 — Autre médaillon, personnage inconnu.

22 — Ciboire en cuivre émaillé.

23 — Deux triptyques et deux diptyques en cuivre émaillé gréco-russe.

24 — Deux anciennes plaques byzantines émaillées en couleur; une autre moderne.

25 — Environ vingt pièces, coupes, plaques et vases seront vendues sous ce numéro.

26 — Trois coffrets en cuivre émaillé.

27 — Vingt-trois peignes montés avec cintres émaillés.

28 — Sous ce numéro seront vendues une grande quantité de plaques émaillées pour meubles.

ÉMAUX CLOISONNÉS DU JAPON

29 — Deux vases décorés de médaillons de fleurs.

30 — Deux autres dépareillés, décor de médaillons à personnages.

31 — Deux autres, même genre.

32 — Grand plat à bord festonné; au centre, des personnages.

33 — Deux autres plats à bords festonnés; décor de fleurs.

34 — Deux plats ronds; décor à bouquets.

35 — Deux coupes; au centre, des dragons.

36 — Coupe octogone ornée de fleurs.

37 — Six Tasses, décor à bandes verticales et fleurs.

38 — Brazero orné de frises et de rosaces.

39 — Deux Bols, décor de fleurs.

40 — Deux Coupes basses, même genre de décor.

41 — Deux Soucoupes, décor de bouquets.

42 — Deux Vases avec couvercles ornés de guirlandes de fleurs.

43 — Deux autres, même genre.

44 — Deux autres plus petits.

45 — Trois Jattes avec leurs couvercles seront vendues sous ce numéro.

OBJETS DIVERS

46 — Grande et belle Coupe en faïence d'Urbino; riche décor intérieur, représentant des pêcheurs dans une rivière; à l'extérieur est un paysage, pied formé par des griffes de lion; anses à têtes chimériques.

47 — Plat en ancienne faïence italienne, décor bleu.

48 — Plat italien du XVIe siècle, fond brun, décor de frises et armoirie.

49 — Un autre semblable au précédent.

50 — Belle Pendule de l'époque de Louis XIV en mar-
queterie de cuivre sur écaille noire; sur le devant,
le sujet de Jupiter et Léda.

51 — Groupe en marbre sculpté, représentant l'Amour
caressé par l'Innocence.

Signé MICHEL BUSCIOLANO; Naples, 1868.

52 — Lustre à douze lumières en bronze doré et acier
poli.

53 — Grande Pendule style Louis XVI et Candélabres à
neuf lumières; le tout en bronze doré.

54 — Deux Candélabres, style Louis XVI, en bronze doré.

55 — Deux Lampes en porcelaine gros-bleu, monture
bronze doré.

56 — Lustre à six lumières en bronze doré, genre Boule.

57 — Lustre hollandais à douze lumières.

58 — Autre Lustre semblable au précédent.

59 — Seize Appliques à lis en bronze doré.

60 — Quatre Supports en bronze doré ornés de plaques
en porcelaine, représentant des sujets pastoraux,
des paysages et des fleurs.

61 — Porte-Bouquets en bronze doré et cristal.

62 — Coupe en porcelaine gros-bleu, monture en bronze
doré.

63 — Jardinière en porcelaine décorée de fleurs, monture en bronze doré.

64 — Deux Vases en porcelaine de la Chine, montures
bronze.

65 — Glace dans son riche encadrement en bois sculpté et doré, orné de peintures à personnages.

66 — Beau Groupe en bronze ; allégorie de la Comédie.

67 — Autre Groupe en bronze : Enfants moissonneurs.

68 — Une Pendule en marbre noir avec statuette en bronze : Enfant pêcheur.

69 — Deux Candélabres en marbre noir et lis en bronze.

70 — Une Pendule marbre noir avec groupe en bronze : l'Arioste.

71 — Deux Candélabres en marbre noir et figures en bronze supportant les lumières.

72 — Pendule Louis XVI en marbre blanc et bronze doré ; sujet, l'Amour consolant l'Innocence.

73 — Deux Vases en porcelaine de Chine, décor à mandarins.

74 — Deux Potiches en porcelaine, imitation du Japon.

75 — Cadre de glace en cuir gaufré.

76 — Deux Supports en bois sculpté et doré : Phénix supportant les tablettes.

77 — Tête de Vierge en bronze argenté.

78 — Trois Siéges en porcelaine de la Chine ; décor de fleurs émaillées.

79 — Un autre, décor bleu.

80 — Deux autres fond vert et noir.

81 — Plusieurs Tasses de divers décors en porcelaine à la Reine.

82 — Plat avec armoirie en porcelaine de l'Inde.

83 — Console de l'époque de Louis XV en bois sculpté
et peint.

84 — Quatre Glaces ovales, encadrements en bois noir,
ornés de figures et de fleurs en bronze doré.

85 — Table style Louis XV en bois de rose, ornements
et bronze doré.

86 — Deux Vases à couvercles et à anses à jour, en porcelaine tendre de Tournay; décor fond bleu au
grand feu avec rehauts d'or.

87 — Deux autres Vases semblables au précédent.

88 — Deux petites Assiettes en faïence de Castelli, encadrements en bois noir et or.

89 — Statuette de Cérès en bronze, socle en jaune de
Sienne.

90 — Théière en porcelaine du Japon, monture en
bronze doré.

91 — Manche de couteau avec groupe sculpté, Hercule
domptant l'hydre de Lerne.

92 — Groupe en jade blanc : Enfant monté sur un
animal chimérique.

93 — Groupes en terre cuite, l'Été et l'Automne.

94 — Deux Groupes en terre cuite représentant des
Nymphes et des Amours. Signés Lemaire, 1863.

95 — Ancienne Bible, texte en allemand, 1728; reliure
de l'époque.

96 — Plusieurs Cadres en bois sculpté.

97 — Dessus de table formé de divers marbres.

98 — Plusieurs Pièces en verre de Bohème, Vases. Coupes, Verres, Plateaux, etc.

99 — Porte-cigare en bois noir.

100 — Ancienne Tapisserie ; scène pastorale , d'après Huet.

101 — Grand Tapis de salon en Aubusson, travail de l'époque de l'Empire.

102 — Rideau en soie brochée, orné de guirlandes de fleurs.

TABLEAUX

103 — LATOUR (Genre de). Portrait d'homme. Pastel.

104 — LATOUR (Genre de). Portrait de femme. Pastel.

105 — VÉRON. Village, près Paris.

106 — TROYON (D'après). Berger conduisant son troupeau.

107 — ANCIENNE ÉCOLE DE SIENNE. Triptyque avec adoration à la Vierge.

108 — LELOIR (A.). Sainte Rosalie.

109 — Deux paysages animés de figures.

110 — Sous ce numéro, les objets non catalogués.

RENOU et MAULDE, imprimeurs de la Compagnie des Commissaires-Priseurs, Rue de Rivoli, 144.   24089